오프장르 시도 동화도 소설도 아닌 이야기

씨크릿 머니 스토리

도니랑 즐기기

심혁창 지음

도서출판
한 글

사람은
물이 펑펑 솟는 샘에 큰 두레박을 들고
태어나는 자와
물이 펑펑 솟는 샘에 종지같이 직은 두레박을 들고
태어나는 자와
물이 졸졸 솟는 샘에 큰 두레박을 들고
태어나는 자가
있듯
사람마다 태어날 땐 환경이 다 다르다.

그러나
부자가 겸손하지 않으면
샘은 마르고 바가지만 남고
작은 바가지만 원망하고 게으르면
그 또한 바가지만 남는다
하지만 작은 소득에도 감사하고 저축하면
부자가 된다.

지은이

머리말

돈은 어수룩한 구멍으로 들어왔다
욕심 구멍으로 빠져 나간다

시도
동화도
소설도 아닌
이야기

술값 100,000원은 펑펑 써도
책값 10,000원엔 발발 떠는
사람이 있다

세상 돈을 다 가지고
멋지게 한번 써보고 싶은
사람이라면

이 책의
주인공이 되어 보시오

목 차

〈그림 차례〉

돈이 내 종이 될 때

돈은 늘 교만하게
내 앞을 지나가면서
나를 외면하고
부자한테만 간다

어쩌다
나한테 잡히면 잠깐 머물다
쓸 때만 내 종이 되었다가
다른 사람한테
달아난다

한국 돈1(5만원)

첫 남자

은행에서 새 돈 5만 원짜리를 받았다
새 돈이
싱싱하고 탱탱하고 오만한 빛깔로
말했다

아저씨, 안녕? 저는 아저씨가 첫 남자예요
뭐라고?
저는 세상에 나서
아무도 손을 대지
않은
아저씨가
첫 남자라고요

다른 사람은
싫어요
아저씨하고
살래요

한국 여러 돈

나는 진짜 아저씨 거예요

허허, 내가 첫 남자라고?
아저씨가 좋아하는 오만 원짜리잖아요
좋아하는 건 맞다만 너는 곧 떠날 건데?
안 돼요 저만은 꼭 잡고 놓지 마셔요.

모르겠다
나한테 온 돈은 모두 하루를 못 넘기고 달아났으니까

아저씨, 어떤 일이 있어도 저를 버리면 안 되어요
저는 진짜 아저씨 거예요
아저씨 부자 만들어 드릴게요.
아셨지요?

한국 옛날 돈(천환)

제가 붙었잖아요

나를 부자로 만들어 준다고?
저를 믿어 주세요

무슨 수로?
기다리세요
내 팔자에 무슨 부자?
부자가 따로 있나요.
돈 많으면 부자지요

그 돈이 나한테 안 붙어서 그런다
제가 붙었잖아요!
얼마나 있다 떠나려고?
저는 아저씨 거예요. 절대 안 떠나요
제가 떠나면 아저씨는 거지가 되어요

한국 동전들

그래도 좋아요?
그건 싫다만

됐어요
저를 주머니 깊이 넣어 주세요.

현재 사용하는 한국 동전

나 돈 없어

돈을 주머니 속 깊이 넣고 다짐
너만은 절대 안 보내마
너는 내 거니까
오만원이 좋아서 웃는 소리
아저씨 사랑해요
아저씨 고마워요

길을 가다 친구를 만났다
친구가
여보게, 차 한 잔 사게
나는 시치밀 뚝 떼고
오만 원을 생각하며 대
답했다.
나 돈 없어

이 한마디에
비웃는 친구

한국 돈(5백원)

내가 너무 인색한 거 아니냐?

사내가
돈도 없이 맨손으로 다닌다고?

나는 속으로 반문
너는?

오만 원이 콩콩
잘했어요, 그렇게 하는 거예요
내가 너무 인색한 것 같다
너를 두고 돈이 없다고 했으니 안 그러냐?

그 친구한테 차를 사주면 저는 어떻게 되는 거죠?
그래서 없다고 했잖으냐
잘하셨어요
저한테는 아저씨뿐
다른 사람을 위해서는
없는 존재예요
알았다
너는 내 힘이다

한국 돈(5원)

욕심은 거짓말도 만든다

이웃집 아주머니가
수자 아빠, 오만 원만 꾸어주세요
주머니 속 5만원을 만지작거리다 대답
그만한 돈이 없는네요

아주머니가 사정
삼만 원이라도 꾸어 주실 수 없나요?

겸손하게 대답했다
사정을 보아드리지 못해 죄송합니다

아주머니 실망한 채 돌아서고
그 모습을 보며 주머니 속의
5만 원을 잡고 빌려드릴까 했다
그때 품속의 5만 원이 꽥꽥
아저씨,
무슨 생각을 하시는 거예요?

친구여 미안하다

아니다. 아니다. 너는 절대 안 내보낸다
너는 내 거니까
고마워요 아저씨
나는 누구한테도 안 가요
아저씨 거니까

골목에서 시끄러운 소리
뭔가? 보니 친구가 술집 아줌마한테 잡혔다
오만 원도 없으면서 술은 왜 처마셨어? 당장 내!
앙칼진 아줌마
친구 멱살을
조인다

한국돈 5천원

오! 이런!
친구 술값 갚아주려고 주머니에 손을 넣는 순간
오만 원이 팩!
아저씨, 무슨 생각하셔요?
아아, 아무것도 아니다

아저씨
어떤 일이 있어도 저를 버리면 안 돼요
아셨지요?
아, 알았다, 알았다.

한국돈 백환

돈과 나 누구를 더 사랑하세요?

아내가 물었다
당신 나하고 돈하고 어떤 쪽을 더 사랑해요?
물론 당신이지
정말이지요?
그렇다니까

아내가 주머니에 숨긴 오만 원을 꺼내 들고
이 돈 나 가져도 되지요?
깜짝 놀란 나
그건 안 되오
아내 토라진 소리
이 돈이 나보다 소중하다고요?

한국돈 5백원

그것만은 안 돼

단호히 돈을 낚아챘다
오만 원이
아저씨, 큰일 날 뻔했어요
그렇지? 마누라보다 너를 더 사랑하기로 했다
오만원이 좋아서
헐, 박!
아이 행복해!

한국돈 만원 다발

벌을 받아도 사랑해

찻길 무단횡단하다 경찰한테 잡혔다
아저씨, 벌금 오만 원
오만 원? 안 내면?

안 내시면 유치장으로
그래도 돈 없다고 잡아떼다가
유치장 겁나서 오만 원에 손을 댔다

오만 원이 꽥꽥!
안 돼요, 저를 주시면 안 되어요.
알았다 아니다, 아니야
유치장에 가서 벌을 받아도 너만은 못 준다
유치장으로 들어가자

한국돈 천원

오만원이 기뻐서
아저씨, 짱짱!
아저씨 조금만 기다리셔요
제 이름은 도니예요
도니? 너도 이름이 있다고? 도니?
머잖아 도니를 부르는 총각들이 몰려올 거예요.
그게 무슨 소리냐?

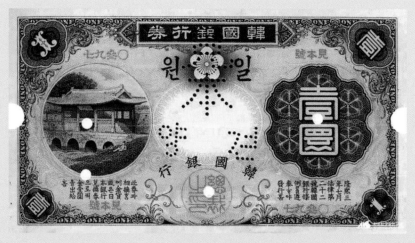

한국돈 1원

처녀 돈 총각 돈

사무실로 친구가 찾아왔다
십 년 전 꾸어간 돈 백만 원을 가지고
"이자는 차차 갚기로 하고 원금 먼저 가져왔네."
나는 감격, 친구의 손을 잡고 감사했다

주머니 속 도니 오만 원 통통
아저씨, 그렇게 기뻐요?
암!
친구가 이자도 가져올 거예요
네가 어떻게 아느냐?
친구가 가져온 돈은 모두 총각들이거든요
돈에 총각 처녀가 있다고?
처녀 돈이 있고 총각 돈이 있어요
그게
무슨 말이냐?
처녀 돈
만나기가
산삼 캐기보다
힘들어요

한국돈 백원

돈이 웃는 소리

뭐야?
오만 원 도니
아저씨는 내가 처녀라고 한 말 기억 안 나요?
그 말을 누가 믿느냐?
아저씨가 나를 만난 건 호호……
호호?
호호 히히 하하 후후 헤헤 해해 흐흐
그게 무슨 소리냐?
나하고 결혼
하자고
몰려드는
총각들
한테
들려줄
웃음
소리예요

한국돈 만원

십년 넘게 무소식 친구가 나타나 한 마디
자네 사업하기 힘들지?
암!
내가 예전에 한 말 생각나나?
돈이 생기면 도와주겠다던……
그랬던가?
내 말 허수로 들었는가?
이 봉투 받게

이건?
난 가네. 천천히 열어 보게
친구 바람처럼 돌아가고
오만 원 도니가 호호호

한국돈 5백원

처음 만든 저금통장

왜 웃느냐?
아저씨, 돈 들어와서요
서두는 도니
아저씨, 들어온 돈 빨리 은행에다 가두셔요
은행에 가두다니?
암 돈은 주인을
끝까지 모시지만
수컷은 달라요
잡고 있으면 달아나요
당장 은행에 가두세요

평생 저금통장 하나 없이 살다가
은행에서 통장 하나 만들어
꾸어줬다 받은 돈 백만 원
친구가 내민 봉투 속 천만 원
천백만 원짜리 통장이 내 손에!

하늘을 날 듯 기쁘고
큰 부자가 된 기분이었다.
오만 원짜리 도니가
해해했다
해해가 무슨 소리냐?

한국돈 동전

돈은 교만을 몰고 다닌다

아저씨 기분 좋지요?
그래!
앞으로 수컷들이 몰려올 거예요
수컷들이?
숫 돈이 몰려들면 아저씨 조심해야 해요
무슨 소리냐?
돈은 모여들 때 교만까지 몰고 와요
그게 무슨 상관?
그렇게만 아서요

오후에 전화 따르릉
거래처에서
그간 밀렸던
미불금
보낸다는 전갈
과연!
은행에 확인
뜻밖에 천만 원 입금!
입이 딱 벌어지고

한국돈 백원

오만 원 도니, 호호호
호호가 뭐냐?

아저씨 통장 보고 좋아서요
나도 좋아 웃었다
<u>ㅎㅎㅎㅎ</u>

한국돈 십원

통장만 보면 웃음이 나온다

통장만 보면 웃음이 절로 난다
참으려 해도 안 된다

아내 눈치 채고
여보, 당신 좋은 일 있수?

아니, 아니, 히히히
친구도 물었다
자네 애인 생겼나?
왜?
얼굴에 꽃이 피었어, 허허허
생겼네, 시집 안 간 처녀와 하하하
뭐야? 처녀와!

생선 장수 친구가 찾아왔다
여보게, 전에 꾼 돈 받게
친구가 생선냄새 밴 꼬질꼬질한
오만 원짜리 한 장을 내밀었다
고맙네. 안 갚아도 되는데

안 갚다니 이자도 못 주는데
이자는 무슨 이자

주머니에 넣었다
갑자기 도니가 투덜거렸다
후후 이게 무슨 냄새야?

한국돈 5백원

돈 팔자나 사람팔자나

구겨지고 귀퉁이가 떨어진
냄새나는 오만 원한테
넌 어쩌다 이 꼴이냐?
찌질이 오만 원 대답
저도 처녀 때는 저 애처럼 팽팽하고 싱싱했는데
시장바닥에 굴러다니다 이 꼴이……

그리고 덧붙여 한마디
돈이든 사람이든 첫 사람을 잘 만나야 해요
무슨 소리냐?
생선장수를 만나서 생선가게를 돌다가
어부한테 넘어가 바다를 떠다니고
어부는 술집에서 술값으로 나를 버리고
나는 술집에서 다시 어부한테 넘어가고

찌질이 오만 원 세상 돌고 돈 이야기
한바탕 늘어놓고 남긴 말

돈 팔자나 사람 팔자나

첫 사람 잘못 만나면
신세 망치고
여자는 첫 남자 잘 만나면
호강을 하다 늙고

나같이 꼬질꼬질한 돈이 있듯이
여자도 평생 고생 고생하다가 쪼그라드는
여자가 있어요

음
남자는 어떠냐?

한국돈 잭원

돈 냄새가 싫다

남자도 여자 잘못 만나면
평생 설거지에 바가지에 시달리다 늙지요
쌩쌩한 도니 코를 막고 재촉
아저씨, 저 찌질이 빨리 치워요
그렇게 싫으냐?

냄새가 묻으면
나한테도 저 냄새가 나요
은행에 보내세요

찌질이 5만 원이 애걸
아저씨, 저는 은행에 가면 죽어요
그게 무슨 말이냐?

은행에서는 낡은 돈을 분쇄기로 갈아버려요
그 말에 위로
네가 분쇄기로 가루가 되면
너는 네 값을 인정하는 새 돈으로 태어난다

종이쪼가리 너는 없어지지만
오만 원 가치는 그대로 태어난다

도니
아저씨, 사람도 늙고 죽으면
땅속에 묻히고
그 다음
새 사람으로 태어나지요?

그런 말 하는 거 아니다

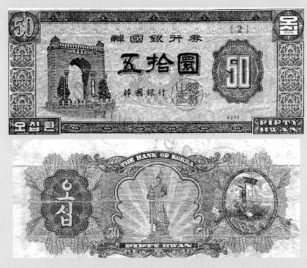

한국돈 오십원

돈은 욕심을 몰고 다닌다

오만 원 도니
아저씨, 은행에 가둔 돈이 얼마지요?
이천만 원이 넘는다 하하하
부자 되셨네요?
부자 되었다 하하하
그 돈으로 아저씨 동화책을 만드셔요
동화책을?
아저씨가 지은 동화 있잖아요

그것도 아느냐?
오만 부만 찍으셔요
그렇게나?
동화가 큰돈을 모아들일 거예요
큰돈? 하하하, 알았다
오만 원 도니 말대로 책 〈동화마을 이장님〉 펴냈다
오만 권이 전국 이장님들한테 한 달 만에 다 나가고
1억 원이 들어왔다

억억!

내 팔자에 억이라니!
돈 생각하면 잠도 오지 않는다
통장이 없을 때는 마음도 비웠는데
통장이 생기면서 돈보다 큰 욕심이 몰려왔다

도니
아저씨, 돈이 마음을 흔들지요?
어지럽다
돈은 교만과 오만과
욕심을 데리고 와요

내가 어쩌면 좋으냐?
아저씨 고향에 안 팔리는 돌산
이 하나 있지요?
보잘것없는 산이 하나 있지
그 산을 사세요
뭐? 모처럼 모은 돈으로
겨우 돌산을 사라고?

한국돈 십전과 오십전

돌산을 사라고?

아저씨, 더 많이 벌고 싶지요?
암
은행에 가둔 돈 일억으로 돌산을 잡으셔요
그건 좀 불안하다
제 말을 못 믿어요?
믿지

도니가 건방지게 명령

1억을 들고
고향 돌산을 샀다
오만 원이 호호대고 손뼉을 쳤다

한국돈 1원

빙고!
빙고가 뭐냐?
나이스, 만세 뭐 그런 거여요
빈 통장을 들여다보며 중얼중얼
돌산보다는 일억 통장이 좋았는데……

아저씨, 저 소리 들리셔요?
무슨 소리?
돈 몰려오는 소리

한국돈 1원

배로 커진 돈 덩어리

돌산을 산 다음 날
대형 건설회사 사장이 찾아왔다

돌산을 파시오
얼마 주겠소?
이억 드리리다
오만 원 도니가 몸부림
아저씨, 팔지 말아요

산 것보다 곱쟁이를 준단다
이억이면 얼마냐?
도니 고집
그래도 안 돼요

한국돈 5십원

이 기회를 놓치면 언제 벌겠느냐?
속으론 이런 생각하면서 대답
안 팝니다

얼마를 더 드리면 되겠습니까?
사장이 올려 불렀다
대답을 안 하자
오억을 드리다
그래도 안 되겠소?

한국돈 제일은행 발행 1원

십억을 줘도 싫다

도니 팔팔
안 된다고 하셔요
다섯 배나 되는 조건인데 안 팔면?
기다리셔요
뭘?

그냥 돌려보내셔요
허허, 이 좋은 기회를!
저 사람 다시 안 오면?
다시 와요

다음 날 그가 또 왔다
십억이면 되겠소?
십억?!
가슴 떨리는 액수다
그러나 도니가
그래도 팔면 안 되어요
알았다 속은 타지만 네 말대로 하마
사장은 다시는 안 올 듯이 돌아갔다.

도니 호호거렸다
그 무슨 소리냐?
큰일 날 뻔!
안 파셔서 다행이에요

넌 뭘 믿고 내 맘을 흔들어 놓는 거냐?

한국 돈다발 무더기

돈 앞에 촌사람 우습게보지 마라

건설사 사장이 돌산 주인한테
오천만 원을 주겠다고 했는데
산 주인이 팔천만 원을 달라고 해서
삼천만 원이 아까워 줄다리기를 하고 있었는데
아지씨가 1억을 부르자
주인이 두 말 않고 날름 판 거여요

사장은 산이 황금덩어리라는 걸 알고
촌사람을 우습게보고 공짜로 사려다가 아저씨한테
히히히

너는 그걸 어떻게 아느냐?
돈은 돈이 가는 길을 알지요
음,
너는 못 당하겠다
그 사람이 또 오면 얼마를 부르랴?

땅 바닥에서 산봉우리까지
지상의 돌만 파가는 조건으로 백억!

뭐? 뭐라고! 백억??
네가 미쳤구나.
백억? 억억!
그 사람은 백억에 사서 2백억을 벌어요
산을 공짜로 먹으려다
아저씨한테 빼앗기고 해해해

한국 옛날 동전

돈을 생각하면 가슴이 떨린다

도니 설명
건설회사 사장은 지질학자와 전문가를 통해
그 산에 고급 암석이 묻혔다는 걸
알았어요

그게 무슨 소리냐?
그 사람은 꼼짝 못하고
아저씨 요구를 들어줄 거여요
백억이 장난이냐?

장난인지 아닌지 두고 보면 아셔요
백억! 생각만 해도 가슴이 떨린다

안 판다고 할까봐
떠는 쪽은 저쪽이어요
그랬으면 좋겠다 ㅎㅎㅎ
아저씨는 욕심주머니가 너무 작아요
암,
오만 원짜리 너를 만났을 때도

가슴이 터질 듯했으니까

아무리 작은 주머니도 돈맛 들면 변해요
아저씨 조심 조심 또 조심

음
아무래도 나는 안 변한다
아저씨, 그 말씀 믿을게요
두고 보아라

몽골돈 1

백억! 싫으면 그만 둡시다

다음날 사장이 또 등장
얼마면 파시겠소?
약간 떨렸지만 눈 딱 감고
백어억!
뭐뭐? 백어억?

그렇소 백억!
백억이 애들 이름인 줄 아시오?
오만 원 도니
싫으면 그만 둡시다 하셔요
오만 원이 하라는 대로

몽골돈 2

싫으시면 그만 둡시다
말을 하고 가슴이 철렁

사장이 실망한 얼굴로
허허, 백, 백억, 백억, 억억 소리를 내며 돌아갔다
실망한 가슴이 두근두근
아! 이런 낭패가, 오십 억만 부를 걸
오만 원 도니가 콩콩
욕심주머니가 너무 작으면 안 되어요
네 말 듣다가 과욕으로 흥정 깨질 것 같다
염려 마셔요 내일은 백억 들고 올 거예요
정말 그럴까?

몽골돈 3

당신보다 예쁜 애인이 생겼소

다음날 그 사람이 또 출현
차에서 돈 자루 열 개를 내려놓고
요구대로 현찰로 가져왔소
더 이상 다른 소리 않기오

대답 대신 못 박듯 말했다
산은 평지까지만 판 것이오
알았소, 돈 받고 문서나 주시오

몽골 동화의 집(저자인 내가 관광중 보고 명명한 건물)

사장은 산만 파간다는 약속 문서를 내밀고
문서와 돌산 문서를 바꾸었다

오만 원 도니가 호호호
빨리 은행에 가두세요
도니는 노래까지 불렀다

몽골 돈

신이 나서 흥얼거리며
백억을 은행에 가두었다
은행에서 동그라미 11개가 붙은
통장을 받아 들었다

다리가 날개를 단 듯 가볍고
마음은 구름을 탄 듯 설레고
얼굴엔 꽃그림이 벙실벙실
비밀은 세상에 아무도 모른다
그것도 모르는 아내
당신 입이 귀에 걸렸는데 좋은 일이라도 있수?

좋은 일은 무슨……
아내 눈을 흘기며
갑자기 애인이라도 생겼수?
그 말에 당당히
그렇소, 당신보다 예쁜 애인이 생겼소
그래도 괜찮소?

날마다 웃는 얼굴이 수상해

서방한테 애인이 생겼다는데
좋아할 사람 어디 있을까만
아내 태연히 비아냥
당신 팔자 폈나 보구려?

암
웃는 아내가 얼마나 예쁜지
허풍
세상에서 당신이 가장 예쁘고
그 다음이 애인이오
하하하하

러시아 돈 1

친구도 보고
자네 요새 애인이라도 생겼나?
날마다 웃는 얼굴이 수상해
아내가 환하게 웃으며 대답했다
우리 집 양반 애인이 생겼다우
친구 눈을 동그랗게 뜨고
아주머니, 저 사람한테 애인이 생겼다는데
웃음이 나옵니까?
아내가 한 술 더 떴다
애인이 생기든 돈이 생기든
날마다 찡그리던 사람이 실실 웃으니
얼마나 좋아요

러시아 돈 2

백억 짜리 통장을 생각하면 펄쩍펄쩍 뛰고 싶다
도니가 물었다
그렇게 좋으셔요?
암
또 돈이 더 들어오면 춤을 추시겠네요
암
친구도 아내도 오만 원과 나누는 말을
한 마디도 못 듣지만
싱글벙글 온 몸을 달구는 기쁨에
몸부림을 쳤다

친구와 아내가
한 목소리로
미쳤어,
뭐에
미쳐도
단단히 미쳤어

러시아 동전

안 먹어도 배부르다

오만 원짜리 한 장에도 벌벌 떨던 신세가
일억도 아니고 십억도 아닌
백억이 통장에 들어왔는데
그 기쁨을 무슨 자로 재고
그 기쁨을 무슨 저울로 달 것인가
그런 돈을 가져본 자만이
기쁨의 크기를 알리라

아내도 모르게 산을 사고
아무도 모르게 산을 팔아
백억 가진 부자
밥을 굶어도 배부르고

러시아 동전

세상이 온통 내 것 같고 부러울 것이 없다
이런 걸 행복이라고 하는 걸까?

하늘을 보아도 웃음이 나오고
화장실에 가서도 웃음이 나온다
친한 친구한테 자랑도 하고 싶다
그러나 이 행복한 비밀을 어찌 말하랴
절대 혼자의 비밀이다
흐흐흐

은행 직원이 선물 보따리를 들고 나타나
사장님, 인사 올립니다
그 무슨 소리?
내가 사장이라고?
네, 사장님
허허
내가 사장이라고?

러시아 동전

사장, 사장 하지 마오

길에서 만나도 못 본 척
오만하던 은행원이 허리를 꺾었다
사장님, 도와주셔서 감사합니다
내가 뭘 도와주었소?
다 아시잖습니까?
알다니요? 나는 내가 필요해서
은행에 돈을 좀 맡긴 것뿐인네

사장님 덕분에 제가 지점장으로 승진했습니다
승진하고 나하고 무슨 상관?
다 사장님 은덕 아닙니까

벨기에 돈1

나 보고 사장 사장 하지 마오
죄송합니다 회장님
회장은 또 뭐요?

뭐라고 불러드려야 할지…….
난 관향이 초계 정가요
그냥 정씨라고 부르시오
겸손하십니다 회장님
들고 온 건?
아주 귀한 산삼입니다
그건 왜?

벨기에 돈 2

회장님 드리려고 구해 왔습니다
난 그런 거 안 먹어도 배부르오
가져다 맥이나 드시오
아닙니다 사양 마십시오
이만 돌아갑니다
은행원 산삼 소쿠리를 놔두고
바람처럼 줄행랑
별꼴이야 내가 필요해서 돈을 맡겼는데
산삼을 사들고 고맙다니
ㅎㅎㅎ

브라질 돈 1

돈 냄새 맡은 똥파리

발 없는 말이 천리 간다고
소식 없던 친구가 찾아
오랜 만이다
부자 옆에 줄을 서고 산삼 밭에 가야 산삼을 캔다고
누가 한 말인지 모르지만 그 말이 맞는 말
자네 부자 되었다며?

나 사업하다가 자금이 달려서 왔네
1억만 빌려주게
열 배로 갚겠네 하하하

브라질 돈 2

전혀 낯모르는 사업가라는 사람도 찾아
기발한 아이디어가 있어서
투자자를 찾는 중이었소
날 믿고 2억만 대주시오
그러면 3년 안에 20억으로 갚겠소

도니가 방방
아저씨, 믿지 말아요
욕심은 불행의 안내자여요

브라질 돈 3

알았다. 나도 못 들은 체 하마
두 사람을 매몰차게 돌려보냈더니
오만 원이 좋아서 해해거렸다
잘했어 아저씨, 짱!

브라질 돈 4

제 까짓게 있으면 얼마나 있어!

수십 년을 담 쌓고 살던 친척 형님이 찾아왔다
자네 은행 브이아이피 되었다며?
축하!
그래서 말인데
사업을 하다가 어음이 부도날 지경이라
찾아 왔네
나 좀 살려주게

얼마나 큰 어음일까?
궁금했지만 물어보지 않았다

브라질 동전

자네가 오 억만 막아주면
공장 반을 주겠네
주머니에서 도니가 소리쳤다
아저씨, 속지 마셔요
알았다

형님이 무얼 잘못 아신 겁니다
저 그만한 돈 없습니다
이 사람아, 다 들고 왔어. 그런 말 말고
형제 좋다는 게 뭔가
이럴 때 돕는 게 형제 아닌가

사우디아라비아 돈 1

형제 좋은 것?
삼년 전에 생활비가 없어서
십만 원만 꾸어달랄 적에
냉담했던 얼굴은 어디 숨기고 그런 말씀을?

청을 거절하자 형님은
화난 얼굴로 돌아가며
그러면 그렇지 제 까짓게 돈이 있으면 얼마나 있겠어
내가 부도난다고 죽나! 허허허.

사우디아라비아 돈 2

돈은 돈한테 물어보고 써요

똥통에 파리 꼬이듯
어디서 알았는지
동창이라며 찾아오고
후배라면서 찾아오고
국회의원 출마한다고 도와달라고
자선단체라고 찾아오고
장사 밑천 좀 대달라고 찾아오고
외사촌 고종사촌 사돈의 팔촌까지
소식 한번 없던 사람들이 줄을 이어
찾아와 머리를 조아린다

오만 원 도니가 나직이
아저씨, 돈을 쓸 때는
맘대로 쓰지 말고 돈한테 물어보고 쓰셔요
그게 무슨 말이냐?
돈한테 물어보다니?

종자돈은 함부로 쓰면 안 되어요
씨 돈은 새끼를 치며 자라요
아저씨는 겨우 씨 돈을 얻었을 뿐이어요

씨 돈?
백억이나 되는데 씨 돈이냐?
아저씨, 지금 씨 돈은 새끼를 치고 있어요
백억 이자가
한 달에 일억씩
호호호

이자가
그렇게 많으냐?

스웨덴 돈1

돈이면 국회의원 배지도 단다

몇 년 동안 인사 한번 없던
지역 유지라는 자가 찾아와 권하는 말
국회의원 출마하시오
내가 국회의원 배지 달아드리리다

국회의원은 아무나 하오?
그 사람 한심한 소리
국회의원 자리는 돈 싸움이오
돈이면 무슨 짓이든 할 수 있는 것이오

스웨덴 돈2

지방 유지라는 것이 이 지경이라 부아가 나서
한 마디

돈으로 사는 국회의원 배지는
섬으로 줘도 안 삽니다
다른 데 가서 알아보시오

종친회 회장이 찾아와 사정
종산 선대 묘소를 크게 모시자니
비용이 필요해서 왔네
주머니 속 도니가 속삭였다

스웨덴 돈3

지금은 있는 묘도 파묘하여 화장하는 시대예요
안 된다고 하셨요
돈은 살아 있는 사람을 위해 쓸 때
가치가 있어요

알았다
그리고 회장한테 정중히
소문일 뿐 저는 그렇게 큰돈이 없습니다
회장, 돌아가며 중얼거렸다
그러면 그렇지
제 까짓게 그런 돈이 있을 리 없지 소문이 문제야
흠흠흠.

스웨덴 돈4

과욕엔 몸이 상한다

몇 달을 두고 별별 파리가 다 몰려왔다
투자하면 천 배로 벌게 해주겠다는 사람
만 배로 벌어 준다는 사람
그런 사람들을 다 돌려보내다가
한 해가 지났다

산에서 돌을 떠가는 건설회사는
엄청난 부자가 되었다는 소문
산을 1억에 팔고 좋아하던 원래 산 주인은
배가 아파 병이 들어 입원했다는 소문

욕심은 몸을 상하게 하는 법
1억으로 감사하면 될 것을

스웨덴 돈5

건설회사 사장 산 밑으로
금줄기가 박힌 걸
파악
평지가 된 산 자리를
고운 흙으로 다듬어 놓고
넌지시

약속대로 산을 다 파고
농토로 잘 다듬어 놓았소
내가 농사를 짓고 싶은데 그 자리를 마저 파시오
달라는 대로 주겠소

스웨덴 돈6

오만 원 도니가 팡팡
아저씨, 절대 팔면 안 되어요

평평한 밭이 보기는 좋구나
농사도 못 지을 땅
비싸게 팔면 좋지 않겠느냐?

오만 원 도니 당차게
안 되어요!
비싸게 부르면 되지 않겠니?
얼마나
부르시게요?
십억쯤
불러 볼까?
그렇게
팔면
안 되어요
그럼   얼마를
부르랴?

스웨덴 동전과 지폐

놀라 자빠질 소리

오백 억!
오백억? 백억이 다섯 개나?
그래도 싼 거여요
심장 떨려서 그 말은 못한다
백억 부자 아저씨가
배짱이 그것밖에 안 되어요?

스위스 돈1

음
내가 백억 부자 맞지?
좋다, 오백 억을 부르마
도니, 따봉!

건설업자 다시 등장
사장님, 그 밭을 파시지요
난 사장도 아니지만 안 팝니다
죄송합니다, 회장님
그 땅에 뭐라도 심으실 겁니까?
아니오. 나 보고 회장 회장 하지 마
시오

왜 그러십니까, 회장님
회장이고 화장이고 난 안 팔아요
그러지 마시고 받을 금액을 부르시지요
그럼 내가 부르는 대로 주겠소?
예.

당신 놀리 자빠질 소리 같지만, 오오오……
　　　　　네? 오오오오?
　　　　　그렇소, 배백!
　　　　　오백 억 말씀입니까?
　　　　　그렇소! 싫으면 다시는 오지 마
　　　　　시오

　　　　　주머니 속 도니
　　　　　좋아서 콩콩
　　　　　야호! 아저씨 짱짱!

스위스 돈2

건설업자 얼굴 노래지더니
생각해 보겠다며 돌아갔다
너무 많이 불러서 일이 깨지는구나
괜히 가슴이 두근두근
그러나 오만 원 도니 자신 있게
염려 마셔요.
내일은 해가 뜰 거여요

스위스 돈 3

돈이 회장인가 회장이 돈인가

돈에 미친 사람은 밤낮 안 가린다
건설회사 사장이 새벽같이 나타나
자동차 안에서 커다란 돈 뭉치
다섯 개를 내려놓고

회장님이 부르시는 대로
오백 억을 가지고 왔습니다
문서를 주시지요

오만 원 도니가 속삭였다
다 파가고 난 다음
구덩이까지 줄 수는
없다고 하셔요
알았다. 네 말대로 하마

좋소,
오백 억을 가져왔다니
그 땅을 주되 다 파가고

스위스돈 4

남은 구덩이까지 파는 것은 아니오
사장은 쾌히 대답
알겠습니다
나는 돌이 필요할 뿐 구덩이는 필요 없습니다

흥정 끝나
구덩이는 안 파간다는 계약을 하고
오백 억을 또 은행에다 가두었다

스위스 돈 동전과 지폐

큰돈이 들어오자 은행장은 물론
일반 직원까지 회장님 회장님
굽실굽실

하하하
내가 언제부터 회장이 되었나
이 사람도 회장 지 사람도 회장

스위스

돈이 회장인가
회장이 돈인가
돈이 붙으니 명함도 붙어 온다
하하하

웃으며 은행을 나서는데
은행장이 문 밖까지 나오며
댁까지 모셔드리겠습니다
하하하
돈이 좋긴 좋구나

아직도 나는 자가용차가 없으니
부자라도 헛 부자가 아닌가
나도
차 한 대
사 볼까
하하하

오만 원 도니
아저씨, 돈 많은 사람은
차 같은 건 없을수록 존경 받아요
하는 일도 없이 차만 가지고 있으면
비웃음만 사요
호호호

그러냐? 네 말이 맞다
차, 그까짓 거 안 산다
하하하

스페인 돈2

마누라를 속이는 재미

돈이 생기니 가만히 있어도
웃음이 실실 난다
마누라가 비웃듯
당신 요새 제 정신이 아니지요?

하하하
어떻게 알았소?

별일 없이
무슨 좋은 일이라도 있는 양
실실 웃으시니 말이에요

스페인 돈3

정말 숨겨둔 애인이라도 있수?
있지
하하하

돈도 못 벌면서 애인은!
어떤 미친년이, 호호호

미친년이 좋아한다는데 어떡하겠소
당신은 나만 보면 돈타령인데
얼마나 주면 그 소리 안 하겠소?
주지도 못할
거면서 큰소리는!
천만
원만

스페인 돈4

쥐 보시구려
호호호

그렇게 큰돈을?
어차피 못 줄 것 크게 한번 불러보았수
알았소
내일 천만 원 줄 테니 다시는 돈타령 마오
호호호
별꼴이야 빈털터리가 큰소리는!

일 돈1

돈 만큼이나 예쁜 얼굴

다음날 은행으로
출입문을 들어서자
은행장이 달려와 행장실로 안내
행원이 나긋한 허리를 납신
향기 그윽한 차를 따르며
돈 만큼이나 예쁘게 생긋

회장님, 무슨 일로 이렇게 오셨습니까?
미리 연락을 주셨으면
차를 보내드릴 텐데요

고맙소, 나는
차보다 튼튼한
두 다리를
더
믿소
하하하

독일 동전 2

무엇을 도와 드릴까요 회장님?
통장에서 천만 원만 꺼내 주시오
행장 직원한테
회장님께 천만 원 신권으로 준비해 와요

주머니 속 오만 원이 질투
아저씨, 나보다 더 젊은 것들이 오겠네요
호호호
너보다 젊은 것들이 와도 너만 하겠느냐?
너는 내 종자돈이 아니냐?
아저씨, 그 말씀에 눈물이 나요

오만 원짜리 잉크냄새가 풍기는
돈 봉투를 주머니에 넣고
하늘을 보았다

아아! 참 맑고 높은 하늘이로다
십만 원도 넣어 보지 못한 주머니에
천만 원이 들다니!
하늘이 높은들 내 기쁨만큼 높을까
하하하

독일 돈 3

마누라 고추를 다듬는 앞에
돈 봉투를 쑥 내밀고
자, 받으시오
당신이 소원하는 천만 원이오
마누라 올려다보고 한 마디
내가 속을 줄 알아요
무슨 장난을 이렇게 쳐요
정말 돈이라고요?
말과 달리 기대에 찬 마누라
착하고 고운 눈빛
마누라한테
나는
신용불량자
아닌가
하하하

독일 돈 4

돈 타령은 그만

마누라 봉투를 열어 보고
놀란 소리
이거 정말 당신 돈이에요?
암
믿어도 돼요?
암
빚내온 건 아니지요?
암
도둑질은 못할 테고
돈 공장에서 훔쳐온 건 아니지요?
암

정말 내가 써도 된다고요?
암
얼마예요?
천만 원!
마누라 놀라서 어마!

다시는 나한테 돈타령 마오
알았어요 호호호

주머니 속 도니 기뻐서
아저씨, 짱!
그런데 돈이 아저씨를
종으로 만들면 어쩌지요?

이자는 잘 때도 늘어난다

나는 돈의 주인일 뿐
절대로 돈의 노예는 아니다
아저씨, 정말요?
암

그런데 아저씨
겉으로는 돈을 똥보다 더러운 것이라면서
고상한 척 점잖은 척하는 사람일수록
속으로는 돈을 더 좋아하는 수전노라는 것 아셔요?

그게 무슨 소리냐
나 들으라는 소리냐?
호호호 아저씨는!

이른 아침
은행장이 차를 손수 몰고 왔다
회장님, 오늘 저하고 좋은 데 한 번 가시지요
좋은 데라니?
그런 데가 있습니다.
차에 오르시지요

난 내 사무실이 좋은데…….
바깥바람도 쐬시면서 세상 구경도 하세요

이 세상에서 무슨 구경을 더 할 게 있소?
회장님, 옳은 말씀이십니다
세상에 회장님보다 행복한 분이 어디 있겠습니까

그건 무슨 소리요?
회장님은 앉아도 누워도 주무시는 동안도
은행에 맡긴 돈이 새끼를 치고 있지 않습니까

허허허,
그 무슨 소리?

회장님이 주무시는
중에도 이자는
우후죽순처럼 자랍니다
우후죽순이라?

한 달 이자가 육억씩 늘어납니다
하루 한 시간당 얼마씩 늘어나는지 아십니까?
허허허
별걸 다 따지시오
그렇다는 겁니다 회장님
오늘은 좋은 데로 모시겠습니다.
은행장이 차를 몰고 어디론가 달려갔다

돈은 의리도 체면도 말아먹는다

이보시오 은행장, 어디로 가오?
가보시면 압니다
차는 순식간에 낯선 도로를 달렸다
은행장이 물었다

회장님은 무슨 일로 소일을 하십니까?
이래봬도 나는 바쁜 사람이오
회장님께서는 무슨 일을 하시는지요?
출판사를 하고 있소
요새 출판 사업이 사양사업이라고 하는데
회장님은 어떻습니까?
남이 사양사업이라는데 나라고 별수 있겠소?

얼마 전 신문에서 보았는데
어떤 출판산지 모르지만 대 히트를 쳐서
그 출판사는 돈방석에 앉았다는데 아십니까?

난 모르오. 내 일이 바쁘니까
회장님도 그런 책 하나 출판하시지요
그러면 우리 은행에서 대량으로 구입해드리겠습니다
고맙소

주머니에서 도니가 깔깔
저런 멍청이, 무슨 소리를 하는 거야
바로 우리 아저씨가 그 사람인데 그것도 모르고
호호호호

아저씨, 참 재미있어요
아저씨가 누군지도 모르는 멍청이 은행장
아저씨, 요새 출판사 수입이 얼마나 되는지 아셔요?
모른다. 다 잊었다

잊으시면 안 되어요

은행 이자가 육억씩 새끼를 치는 판에
출판으로 들어오는 오천 만원이
돈이냐

에집트 돈

오만 원 도니가 팔짝 뛰었다
아저씨. 제 정신이셔요?
한 달에 천만 원만 들어와도 좋겠다고
애태우시던 때가 언제였는데
그 생각 안 나셔요?
아, 그랬구나. 내가 돈에 홀려서
잠시 정신을 잃었구나

돈은 의리도 체면도 말아먹어요
많은 사람이 돈의 종이 되어서 그래요
아저씨만은 안 그러셔야 해요
아셨죠?
알았다 알았다
운전대를 잡은 은행장이

물었다
회장님, 왜 갑자기
엄숙해지셨습니까?
엄숙해진 게 아니라
내가 나를 꾸짖는 중이오

이라크 돈

산뜻하게 쭉 빠진 아가씨

네에?
은행장은 골프장에 차를 세웠다
넓은 초원에 멋진 골퍼들이
나이스 샷 어쩌고저쩌고 공을 때리고 걸어가며
웃음꽃을 피웠다
티브이에서만 보던 골프장은
지상천국

은행장이 빨간 모자를 내주며
회장님, 여기까지 오셨으니
이 모자 한번 써 보시지요

아르헨티나 돈1

나 그런 거 안 써도 좋소
골프가 뭔지도 모르는 사람이 모자까지?
난 저 나무 그늘에서 바람이나 쐬겠소

은행장이 사무실로 가
산뜻하게 쭉 빠진 아가씨를 데리고 왔다
회장님, 저쪽 연습장에서
아가씨하고 연습이나 해 보시지요

빨간 모자에 눈빛이 서늘한 미녀가
깍듯이 인사
회장님 안녕하세요?
음?

아르헨티나 돈2

은행장이 아가씨한테
우리 은행 최고 브이아이피 회장님이셔
잘 모셔요

은행장 자리를 떠나
다른 골퍼를 만나 공을 때리며 멀리 가고
아가씨가 예쁘게 웃으며
회장님 회장님

난 회장이 아니오
은행장님이 회장님이라고 하실 정도신데
호호호
목소리도 꾀꼬리처럼 맑고 고왔다

오만 원이 깡충 뛰면서
아저씨, 예쁜 아가씨 만나서 기쁘지요?
무슨 소리냐?
아저씨는 속으로
천사처럼 예쁘고 해맑은 아가씨를
만나다니! 참 예쁘다 하고 생각했잖아요
음
아가씨가 정말 예뻐요?
음
마음에 쏙 드시지요?
음

오스트리아 돈1

예쁘기만 한 게 아니고

아가씨
예쁘기만 한 게 아니고
목소리만 고운 게 아니고
말씨도 예쁘다

아가씨가 골프채를 잡고
골프채는 요렇게 잡으시고요
다리는 요렇게 벌리고
허리는 요렇게 돌리세요

오스트리아 돈2

말하는 대로 하면 되는 거지만
골프채 잡은 야들한 고운 손
벌리고 선 쪽 빠진 우윳빛 다리
가볍게 돌리는 나긋한 허릿매

허허, 내가 왜 이러나
말은 귓등으로 흘리고
눈은 엉뚱한 데를 더듬지 않는가
장미꽃 입술
보조개 볼웃음
은빛 치아
하늘 눈빛

미국 돈1

허허, 내가, 내가
내가 허물어지는 모래성이 아닌가
날마다 보는 게 사람인데
어찌 이 아가씨를 오늘에야 보는가

날아가던 기러기가 떨어지고
나라가 기울만큼 예쁜 미인이 있다더니
그 여자를 만났나 보다
아가씨의 예쁜 짓만 보다가
하루가 가고
골프 마친 은행장이 와서 물었다
회장님, 재미있으셨습니까?
그렇소

아가씨가
마음에
드십니까?

미국 돈2(돈에 숨겨진 비밀)

미스코리아보다 예쁘냐고?

왜 묻소?
미스코리아보다 더 예쁘지요?
미스코리아가 어떻게 생겼는지 봤어야……
무슨 대답을 할까

은행장 아가씨한테
내 차편으로 같이 갈까?
그래도 되어요?
물론

미국 돈3

은행장 운전하고
아가씨 뒷좌석 내게 찰싹 붙어
종알종알
회장님 즐거우셨어요?
음
회장님 멋져요
뭐가?
무거운 입이,
호호호

미국 돈 4

은행장 핸들 잡고
회장님, 오늘 산바람을 쐬셔서
상쾌하시지요?
이왕 나오셨으니
온천욕이나 하고 갈까요?
미스 민, 그래도 될까?

아가씨 성이 민씨……
미스 민 고개 까딱

미국 돈5

씽씽 달린 차
유황온천장 앞에 스톱

가족 독탕 앞
미스 민, 회장님 모시고 들어가 기다려
차 좀 손보고 돌아올게
한 마디 던지고 사라지고
상냥한 미스 민 따라
주저주저 가족탕 안으로

미국 돈 6

향내 같은 목소리

독탕 욕실과 침대
탕 안은 유황냄새 진동
희뿌연 유리문
욕실 두 사람
어색한 눈 나눔

요염한 얼굴
향내 같은 목소리
회장님, 목욕……
아아, 아냐. 난……

미국 돈7

저 먼저 할까요?
은행장 오면 어쩌려고?
차 손 보고 오시려면 두 시간은 걸려요
두 시간이나?
왜 그렇게 놀라셔요?
흐음!

부끄럼 없이 홀딱 벗고
탕 앞에 선 각선미
얼굴보다 더 예쁜
버들 허리
은밀한 짙은 숲

미국 돈8

우윳빛 목
날던 기러기도
놀라 떨어질 듯한

물안개 어른거리는 욕실
실루엣

황홀한 꿈인가?

오만원 도니
아저씨!
왜?

미국 동전9

넋이 빠질 만큼 예뻐요?
음

어쩌실래요?
뭘?
그대로 꿈만 꾸실 거예요?
어떡하랴?
단호한 도니

미국 돈10

꽃뱀

떠나요
하마터면 물려요
빨리요
뭐라고?

그냥 나가시라고요
저 앤 어쩌고?
다 알아서 해요
결례 아닌가
아가씨를 알아요?
응?
꽃뱀!
함정이에요

미국 돈 11

무슨 소리냐?
은행장이 꾸민 유혹이여요
유혹? 나 같은 걸 유혹해 뭘 하게?
아저씨는 돈지갑일 뿐
사람으로 보이지 않아요

뭣이?
아저씨 돈 없을 때도 은행장이 모셨나요?
음……

빨리 떠나셔요
그래도 될까?
늦기 전에요
이건
예의가
아닌데

미국 돈12

돈 크기는 고민과 비례
유혹의 구멍으로 달아나요
알았다 잔소리는 그만!

도니 말대로 욕실 나와
차를 탔다
쉽게 지워지지 않는
우윳빛 비너스의 어른거림

미스 민
목욕탕에서 나와
아무도 없는 걸 알면 얼마나 실망할까
측은한
생각

미안하다
미안

미국 돈13

복잡한 가슴으로 집 도착

도깨비로 변한 마누라
머리는 자글자글 볶아 붙이고
입술까지 빨갛게
호호호

욕탕 안개 속 어리던 머리
횅!
마누라 도깨비로 변한 까닭은?

미국 돈 14

돈 한번 실컷 써 보았더니

마누라 깔깔
당신 덕에 오늘 돈 한번 실컷 써 봤다우
<u>호호호</u>

얼마나?
천만 원을 내 맘대로 쓰라기에
미장원 가서 최고급 파마하고
또?
바디 케어 가서 전신마사지
또?
친구 남순이 경숙이 수자 명자 순자 영애 금숙이
모두 불러 갈비탕에 탕수육까지 쏘고

미국 돈15

또?

좋아하는 수자만 데리고

백화점 쇼핑

부러웠던 봄 외투 한 벌

수자 좋아하는 투피스도 한 벌 사주고

또?

최고급 화장품 세트 육십만 원 구입

열 돈짜리 금반지도 하나

또?

양장 한 벌 맞추고 백만 원

또?

미국 돈16

돈 쓸 데 찾다가 정육점서
좋아하는 최고급 꽃등심 다섯 근
또
아무리 써도 천 만원을 쓸 수가 없어서
호호호

얼마나 남았소?
이백오십만 원짜리 통장으로
평생소원 확!
또?
꿈인 듯 돈 한번 실컷 쓰고 나니
당신 걱정

미국 돈17

왜?
천만 원이 어디서 나
내 소원을 들어줬을까
무얼 해서 그 큰돈을 가져왔을까?

도둑질도 못할
주변머리 없는 샌님
아무튼 오늘은 행복했다오
호호호

미국 돈18

별꼴 다 보겠네

이튿날 웬 사람이 불쑥 나타나
뉘시오?
사업하는 사람 올시다
왜 나를?
돌산 구덩이를 사러 왔소
거기다 뭘 하시게?

묻지 마시고 얼마나 받으시겠소?
글쎄올시다
세상에 구덩이를 사려는 사람이 있다니
허허, 별꼴 다 보겠네

도니가 속삭였다

미국 동전 19

팔면 안 되어요
세를 놓으셔요
세를?
한 달에 1억씩 달라고
허허, 그렇게나 많이?
저 사람은 한 달에 오억씩 벌 거여요
허허
그러냐?

미국 남성 돈20

그 사람한테
가슴 떨리는 소리
한 달에 일억씩 주오
까무러치는 소리
네에?

싫으면 그만 두시구러
아닙니다. 생각해 보고 다시 오겠습니다
그러시든지

그 사람이
돌아간 뒤
도니한테
너무 크게
불렀나 보다
안 그러냐?

미국 동전 21

도니는 자신만만
잘 하셨어요
내일 다시 올 거여요
그럴까?

과연
다음 날 그 사람 찾아와
말씀하신 대로 하겠습니다
어떻게 드릴까요?
일 년치를 한꺼번에 주시오
십이억을 말입니까?
그렇소
좋습니다. 그 대신 저도 조건이 있습니다.
말해 보시오.

미국 돈22

속 다르고 겉 다른 녀석

계약기간을 오십 년으로 하고
구덩이에 어떤 시설을 해도 되고
구덩이 위에 어떤 건물을 얼마나 크게 짓든지
자유롭게 해도 좋다는 조건

오십년?
그때까지 우리가 살아 있겠소?
물론 없지요
그런데도 오십 년?
우리 세대에 이루어 놓으면
후대에 유산이 되지요

미국 돈 23

음,
그렇게 하시오
저도 오래 살겠지만
회장님도 오래오래 사십시오

또 십이억이 주머니에 들어왔다
억이 돈 같지 않으니 이거 참
돈이란 쥐고 있으면 쿨쿨
빨리 가두어야 새끼를 친다

은행 문 들어서자
은행장 달라붙어 간사한 아양
회장님, 회장님

음
온천장에서 자동차 수리는 잘 하셨소?
네, 네 두 시간이 넘게 걸렸습니다

미국 동전들24

음
늦게 돌아와 보니 회장님은 먼저 가시고
미스 민만 있었습니다.
재미 좋으셨습니까? 회장님

음
미스 민 서비스가 기막히지요?
음
양귀비보다 예쁘지요?
음
오늘은 전보다 더 좋은 곳으로 모시겠습니다.

음
속 다르고
겉다른 녀석,
어디
두고 보자

미국 돈25

국회 출마할까 하는데

못 이기는 척 또 따라나섰다
한 시간이나 더 있어야 퇴근시간
은행장 조퇴
서둘러 차를 몰고
어딘지 산속으로 꼬불꼬불

산속 깊은 골짜기
언덕 높이 타고 앉은
화려한 단청의 고색창연한 기와집
주차장
종업원 몰려와
행장님, 행장님 굽실굽실

미국 돈26

음
요 녀석, 대단한 단골이로군

특실
궁궐 어전보다 화려한!
요 녀석 얼마나 들락거렸으면……

고량진미 주안상
한복 고운 매미 둘이 붙어
나비 인사
보지도 듣지도 못한 음식
인삼주에 양주까지

미국 돈 27

매미 웃음소리 넘치는 술잔
마시고 또 마시고
유혹이 찰랑대는 술잔
알딸딸한 은행장
혀 꼬부라진 소리
회장님 이런 데는 처음이시지요?

음
저하고 자주 오시지요
음
저 이번 국회의원 선거에 나갈까 합니다

음
제가 사양해도 고향 친구와 유권자들이
나오라고 아우성입니다

음
회장님, 저 출마하면 오십 억만……
그냥 달라는 거 아닙니다
제가 당선만 되면
회장님 자리도 하나 마련하고
돈은 백억! 오십억의 두 배로 갚겠습니다.

음
도니가 콩콩
아저씨,
저 말
믿으셔요?

미국 돈28

너는?
믿으면 바보

음
매미들을 물리셔요
왜?
다 아시면서

음
넌 내 속을 꿰뚫고 있구나
허허허

도니 말대로
주접떠는 매미들을 내쫓자
놀란 녀석
왜
이러십니까?
회장님!

볼리비아 돈1

음
해 줄 말이 있소

무슨 말씀이든
귀 씻고 듣겠습니다

음
내 말 잘 듣게

볼리비아 돈2

다 돈 지랄이지요

정말 국회의원 되고 싶은가?
국회의원 싫은 사람 있습니이까?

음
내가 돈을 대주면 꼭 당선되겠나?
회장님이 누구십니까아
회장님이 도와주시는데
그야 따논 당상이지요 저는 사양해도
고향 친구들과 지역 유지가 더 추천을 합니다아

요 녀석 취해서 혀가 꼬부라졌군

아이티 돈

음
우리나라 국회의원이 몇 명이나 되는가?
삼백 명 아닙니까아?
그 중 돈 한 푼 안 들이고
국회의원 된 사람이 몇이나 되나?
회장님, 돈, 돈 없이 국회의원이 됩니까아?
다 돈 지랄, 지랄……

음
친구와 지역 유권자가 그렇게 아우성인데
무슨 돈이 오십억씩 필요한가?
흰, 흰떠억도 고물이 필요하잖습니까아아.

에콰도르 돈

음
술 몇 잔에 떡이 되어 주절주절?
고물이라 했나?
오십억이
그거야 기본 아닙니까아

음
오십억씩 들여서 4년 동안
무슨 수로 그걸 다 갚겠나?
다 되는 수가 있습니다아아
어떻게?

금배지 달고오
이리 치고
저저리 치다
보면
그런 것쯤은
문제되지
않습니다아

오스트리아 돈 1

국회의원 배지에는요오
돈이 줄줄이 달라 붙습니다아

음
그런 생각을 가진 자들이 국회의원이 되면
나라꼴은 어떻게 되겠는가
솔직히 그런 걱정까지 하고오
국회의원 되는 사람이 몇이나 됩니까아
국회 배지 남들만 달라는 법은 없지 않습니까아

음
지금 우리나라 국회의원 수가 적당한가?
솔직히 좀 많은 편이지요오

그
삼백 명씩 되는 판에 뛰어들겠다고?
그래야아 저도 한몫 잡아보지 않겠습니까아

음
한 몫 잡겠다고?
어중이떠중이가 다 나서는 판에 저라고 모오못……

허허
사람 잘못 보았군
은행장!

온두라스 돈

자넨 국회의원감이 아니야

회장님, 왜 그렇게 정색을 하고 눈깔까지……
뭣이? 눈깔?
아이고, 죄송, 죄송합니다아
제 말버릇이 나빠서 실 실수를 했습니다아
용 용서해 주십시오오

음
그런 습관 가지고 국회의원이?
보기보다 실망스럽군
우리나라는 국회의원 수가 너무 많아
백 명이면 어떤 국사든 의논할 수 있지
지방자치제도 있을 필요가 없어
국회의원 지방자치제 의원이라는 이들
자네 같은 인물이 많아

우르과이 돈

솔직히 말해 보게
내 말이 틀렸는가?
국회의원 한 사람이 국민 세금을 얼마나 축내고
무슨 큰일을 해놓는가?

면이나 동은 면장 동장이 하면 넉넉하고
군이나 시는 군수 시장이 하면 되고
도는 도지사 한 사람이면 될 것을
구의원 도의원이 다 뭔가

지방자치를 만들 때는 봉사직이라 해놓고
지금은 어떤가?
말로는 국민의 종이라면서
그들이 주인 노릇을 하지 않는가

이라크 돈1

장관도 차관을 승진시키면
일을 더 잘할 것을
집권자들이 자기 입맛에 맞는 코드인사라 하여
낙하산 장관을 세우지 않는가
낙하산으로 감투 쓴 장관이
밑바닥부터 올라온 차관만 하겠는가

솔직히 말해
자넨 국회의원감이 아니야
은행장이나 충실하게
 멋지고 잘난 척하던 은행장
몽둥이 맞은 뭐처럼
코가 쑥 빠져 얼굴이 노래 가지고

이라크 돈2

굽실굽실
회장님 말씀에 모 모두 일리가 있습니다아
죄송합니다아

음
됐네 그만 일어서세

회장님을 위해
특별요리를 준비했는데
그냥 가시면 어 어떡합니까아

그런가? 하나 더 물어봄세

팁은 얼마나 주었는가?

무무슨 말씀이신지요오?

음
지난번 골프장 아가씨는
그냥 따라왔었는가?
그 그런 말씀은 안 하셨으면 좋겠습니다아
왜?
아무것도 안 주었습니다
그런가? 그렇다면 나라도 인사를 해야지
그렇게 독탕까지 따라온 사람한테
무례가 아닌가

이라크 돈3

제가 알아서 했습니다아
이 사람아, 팁을 얼마나 주었나 묻는 걸세
또 이 요리상은 얼마를 주고 차렸는가?
얼, 얼마 드 들지 않았습니다아

음
모두가 비밀이라?
알았으니 돌아가세

도니가 주머니에서 춤을 추었다
아저씨, 멋져요 빙고!

그러냐?
저 사람 정신 차려야 해요
그렇겠지?
아저씨, 저런 사람 위험해요
안다. 나도 다 생각이 있다
무슨 생각인데요?

돈은 변심한 여자 같은 것

음
너는 내 속을 다 알고 있지 않으냐
헐 대박!
그 무슨 소리냐 경박하게!
은행장 죽는 소리!
그 무슨 소리?
말 안 해도 알아요

음
너는 못 속이겠다
내 친구들 모두 이사시킬 거잖아요
허허 허허
잘 생각하셨어요

이라크 돈4

다음 날 은행에서 예금 전액을
다른 은행으로 이체
큰돈이 빠져나가자
은행장 달려와
회장님, 회장님
이러시면 저 죽습니다

음
내가 아주 후한 대접을 받아서
보답한 건 아시나?
회장님, 저 좀 살려 주세요
누가 죽었나?
저는 이제 끝장입니다

이라크 돈5

음
자네 국회의원 생각 먼저
버리게
도둑질 생각을 하는 사람을
보고만 있으면 내 죄가 큰 법
아닙니다, 회장님
국회고 떡이고 하지 않겠습니다

음
늦었어
돈이란 의리를 버리면
떠날 땐 냉정한 것

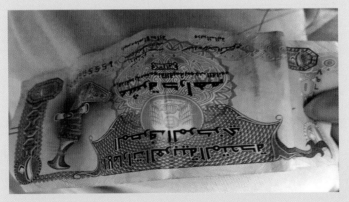

이란 돈1

한 번 떠나면 돌아올 줄
모르는 건
변심한 여자 같은 것
변심한 여자
잡는 건 바보짓

돈은 선과 악을 동반한다

도니 오만원이 호호
아저씨, 외유내강이시네
뭐라고?
보기보다 다르다고요
허허, 이제 알았느냐

아저씨, 통장에 얼마나 들었어요?
칠백 억
내가 아저씨하고 약속한 거
생각나요?
무슨?
아저씨 부자 만들어 드린다고 했잖아요
그랬지 고맙다

이란 돈 2

그 돈 다 어떻게 쓰실 거여요?
네가 쓰자는 대로 쓰마
정말요?
암

아저씨, 집에 가시면
돈 쓸 데가 어딘지 아시게 될 거여요
그게 무슨 소리냐?
아줌마가 정보를 주실 거여요
정보?

돈은 선과 악을 다 데리고 다녀요
덕이 되는 돈이 있고
독이 되는 돈이 있어요

악하게
쓴 돈은
부메랑

이란 돈3

음
네가 그런 소리도 할 줄
아는구나

집에 들어서자
아내가 들려주는 놀라운 소식

이스라엘 돈1

오지랖이 넓은 사람

여보,
교회에서 내가 날마다 기도를
얼마나 하는지 아시우?

음
요새 무슨 기도를?
돌산 판 주인 있잖아요

음
그 사람이 뭐?
돌산을 사간 건축업자가
큰 부자가 되었다는 말에
그 사람이
화병이 나서
입원했대요

이스라엘 돈2 (세겔)

병원비가 오천만 원이고
집과 재산도 삼억에 저당 잡혀
경매를 당하게 되었대요

음
그래서?
그 집을 구해 달라고
하나님께 기도를 드리고 있는데
기도 응답이
없어요
어쩌면 좋아요?

음
당신
오지랖도 넓소

이스라엘 돈3

남의 걱정까지 맡아서 하고.

우리 교회에 나오는 분이라……
당신 기도가 부족한 것 같소
기도를 더 드려 보구려

도니가 속삭였다
아저씨, 내 말이 맞지요?
뭐가?
아저씨, 돈 쓸
데를 알았잖아요
아저씨의 한 달
이자가 칠억
그것만 가져도
호호호
뭐라고?

이스라엘 돈4

맹물만 마시라고?

아저씨, 한 달 이자 칠억이면
얼마나 많은 사람을 도울 수 있는지 알아요?

음
아줌마 기도를 들어 주셔야죠
그건 왜?
아저씨도 고생한 적 있잖아요

음
그랬지
아저씨,
새
거래 은행으로
가 보셔요

이스라엘 돈5

왜?
다 아시면서
뭘?

도니의 말대로 은행으로 갔다
큰돈을 맡긴 사람이라는 걸 알면서도
은행장이 오만하게 머리 한 번 꾸벅하고
제 방으로 들어갔다

음
생각이 바로 박힌 자 같군
은행장실로 따라 들어갔다
은행장 자리에 버티고 앉아
거만하게
우리 은행을 찾아주셔서 감사합니다

그 한 마디뿐
주전자 물을 따라 놓으며
드시지요

허허, 건방진 것이!
쓴 커피 한잔도 아닌
맹물만 마시라고?

음
요 인물하고는 사귈 만하겠는데.
도니가
아저씨, 오만한 사람한테
화나지 않으셔요?

이집트 돈6

귀빈대접 받으려는 부자들

암
그런데도 참으셔요?
암
무슨 생각이 따로 있으셔요?
암
아저씨 짱!

은행장, 하나 물어봅시다
말씀하시지요
은행장 교회 다니시오?
예
하나님을 믿으시오?
믿으니까 다니는 거 아닙니까?
장로님이시오?
예
장로님이 어찌 그리 오만하시오?
오만한 게 아니라 정상이지요
음
정상이라

좋은 대답이야

은행장 엉뚱한 말
돈푼이나 있는 분들이 은행에 오면
브이아이피 대접받고 싶어 하는데
우리 은행은 백 원을 맡긴 사람이나
천억을 맡긴 사람이나 똑같이 대우합니다

음
됐어, 저 정도면 믿을 수 있어

도니 오만원이 콩콩
아저씨, 뭘
믿어
요?

돈으로 몰락한 이집트

넌 몰라도 돼
호호호

왜 웃느냐?
멋진 생각을 하서서요

음
은행장, 약속 하나 합시다
무슨 약속을?

이집트 돈 2

돈 한번 실컷 써 보고 싶소

내 한 달 이자가 얼마요?
칠억쯤!
큰돈이잖소?
그런 편이지요
그 돈 나하고 같이 씁시다
네에?

왜 놀라시오?
그걸 왜 제가 씁니까?
돈 주인이 같이 쓰자는데 그것도 싫소?
싫습니다
허허, 됐어!

이집트 돈3

뭐가 됐다는 말씀이쇼?
합격!
네?
합격이오!

농담이 심하십니다
난 농담할 줄 모르오
은행장이 장로라고 했으니
하나님처럼 믿어도 될 것 같소
돈으로 사람을 놀리십니까?
나는 남을 놀려본 적이 없소
그러시면?

이집트 돈4

음
저 성깔머리라면 약속은 잘 지킬 거구먼

은행장님, 아니 장로님.
왜 자꾸 놀리십니까?
나하고 약속 하나 합시다
무슨?
나 돈 한번 실컷 써 보고 싶소
네?

인도 돈1

음
은행장하고 아무도 모르게
실컷 써 보잔 말이오

은행장 냉랭한 소리
쉽게 말씀하시지요
그럽시다.

인도 돈2

돈! 참 좋은 거로다

매월 이자를 보람 있게
같이 쓰자는 것이오
네?
지금 나가시는 교회 돌산 판 집사님 댁에
큰 어려움이 있다지 않소?
그렇습니다만

그 집사님을 도웁시다
어떻게요?

음
그 집사님 병원비 대주고
근저당 잡힌 집을 풀어 줍시다

인도 돈3

네?
근저당 잡힌 돈이 얼마요?
삼억입니다
병원비하고 삼억 오천이면 해결할 수 있잖소?

그걸 다 대주시겠다고요?
그렇소. 대신 비밀은 지켜야 하오
비밀?
나를 숨기고
어떤 사람이 은행장한테 부탁했다면서
은행장이 나서서 해결해 주시오
그런 것이라면……
싫소?
아닙니다만.

인도 돈4

음
됐소. 한 달 이자의 반이면
그 집에는 해가 뜨지 않겠소?
그렇습니다만
그 말씀 믿어도 되겠습니까?

속고만 사셨소?
그건 아니지만
그럼 됐소. 당장에 그 집에
밝은 태양을 걸어 줍시다.
대신 이건 절대 비밀이오
알겠습니다
그 날로 그 집 문제 해결!
돈! 참 좋은 거로다

인도 돈5

기적이에요 기적

나쁜 소문보다 좋은 소문이
더 빨리 퍼진다
병원비와 저당 잡힌 집이 풀렸다는 소문!

그 말이
왜 이리 기쁜가?
도니도 좋아서 콩콩
아저씨, 대박!

이 소문을 듣고 온 아내
여보, 여보!
웬 호들갑이오?
내 기도를 하나님이 들어주셨어요
무슨?

인도 돈6

우리 교회 집사님이 살아났대요
허허
누가 죽었다 부활이라도 했소?
부활이지요 부활!

음
좋은 일이 있나 보구려
좋은 일 정도가 아니에요
기적이에요 기적!
기적?

우리 교회 은행장 장로님한테
대단한 분이 나타나서
큰돈을 대주었다지 뭐예요

인도 돈7

음
그게 누구랍디까?
모르는 사람이래요
이름도 안 대주고 그렇게 큰돈을
은행장님한테 맡겼대요
그분이 바로 천사가 아니겠어요?
세상엔 그런 천사 같은 분도 있네요!
하나님, 감사합니다

음
은행장이 참 고맙구려
왜 은행장이 고마워요 그 천사님이 고맙지요

인도 돈8

돈 자랑

초등학교 동창 모임
떠버리 친구

나 헌 집 한 채 싸게 샀다가 벼락 맞았
친구들
무슨 벼락?
허름한 판잣집을 천만 원 주고 샀
그 다음날 도시계획 발표
뻥튀기 일억!
ㅎㅎㅎ

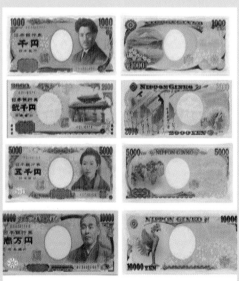

부러운 친구들
오오오! 대박!

일본 돈1

또 다른 친구
그 정도 가지고?
히히히

난 경매 나온 건물 하나
일억에 샀, 삼억에 팔라는 작자가 나타나
이억 남겼
ㅎㅎㅎㅎ

더 놀란 소리
오오오! 대대박!

일본 돈2

또 친구
난 고물상에서 흙투성이 도자기를
5천원에 샀
놀라지 마시라
오천만 원에
으ㅎㅎㅎ

옆 친구가 꾹꾹
넌 날마다 뭘 하고 있나?
스마트폰 시대에 책이라면 공해라고 하는 판에
그래도 출판이냐?
더 늦기 전에 고물상에라도 가 봐

도니가 통통
친구들이 아저씨를 모르고 웃겨
호호호
그 돈 다 모아 봤자 코끼리 꼬리
호호호

코끼리 꼬리가 얼마냐?
사억 오천만 원
아저씨 한 달 이자도 안 되는데
번데기 앞에서 주름 잡아
호호호!

중국 돈1

이런 사람이 훌륭한 공복

동창 중 가장 출세한 인물이 우리 고을 시장
시험 삼아 옛날 관리들이 지킨
심요십조라는 윤리규정을 물었다
그의 대답
① 관물을 사사롭게 쓰지 않는다.
② 녹을 받는 동안 백성이 하는 영업을 해서는 안 된다.
③ 벼슬을 하는 동안 전답을 사지 않는다.
④ 벼슬을 하는 동안 집의 칸수를 늘리지 않는다.
⑤ 집을 사고 판 일이 있어도 산값에서 더 얹어 팔아서
   는 안 되고 또 판값에다 더 얹어서 사도 안 된다.
⑥ 벼슬을 하는 동안 고을의 특산물을 입에 대서는 안
   된다.
⑦ 벼슬을 하는 동안 상전 집 문턱을 넘나들지 않는다.
⑧ 아내의 청탁을 듣지 않는다.
⑨ 상전이 요구하는 애완물을 거절한다.
⑩ 벼슬을 하는 동안 큰 고을은 일곱 가지 반찬, 작은
   고을은 다섯 가지 반찬 이상을 상에 놓지 않는다.

준비나 한 듯 술술

음
됐어
시장, 몇 평짜리 대궐에 사는가?
부모님이 물려주신 27평짜리 낡은 집
그래도 불편 없이 산다네

다음 날
은행장한테 시장 집 재건축비
오억을 대주라 당부

시장, 부당한 돈은 못 받겠다고
거절
은행장도 도니도 감탄
오! 요새 세상에!
그가 바로 모범 목민관

이런 인물이 친구? 감동!
은행이자를
같이 쓸 친구가 하나 더 늘었다

부자가 가난한 자를 외면하면 죄

정보원 셋 확보
첫째 마누라
둘째 은행장
셋째 시장

마누라 밝은 얼굴
여보, 우리는 이렇게 살아도 행복한 기예요
교회에 잘 나오시는 할머니가
시장 입구에서 좌판 장사로
고등학교까지 다니는 손자 뒷바라지를 했는데
올해 대학 합격을 했지만 등록금이 없어서
포기해야 한다며 노인이 징징거려요
어쩌면 좋아요?

중국 돈2

교회에는 왜 그리 문제 가진 사람이 많소?
그래서 하나님한테 매달리는 거지요

음
딱하군
이럴 때 부자들이 외면하면 죄

마누라 중얼중얼
은행장님한테 왔던 천사가
이 소문을 들으시면 도와주시겠지요?

음
천사가 바쁜데 그런 소문까지 듣겠소?
하나님께
기도나
잘해
보시구려

다음 날 은행장실
시장 골목에서 좌판 장사하는 할머니 사정을 아시나?
알지만, 그건 왜?
그 할머니 손자 사람됨이 어떠한가?
모범생

됐어!
그 할머니와 손자를 돕세
왓?
할머니 가게도 좋은 것 얻어 드리고
그 손자 입학금 대학 전학기 등록금
다 대줄 사람이 나타났다고 해 주시게
누군지는 비밀로 하고, 알겠는가?

중국 돈4

돈은 행복만 따라다니는 요물

마누라 오늘도 기도
무슨 기돌 그렇게 하오?
할머니네 손자 등록금 해결해 달라고……
하나님이 그러마 하셨소?
몰라요

음
하나님이 도와주실까?
이럴 때 나라도 넉넉하면……

하나님은 가난한 자의 기도에
귀를 기울이신다고 했어요
내 기도대로 천사를 보내주실 거예요

중국 돈 5

음
당신 믿음 하나는 좋은 것 같소
기도 결과를 기다려 보겠소
당신도 기도해 주세요
나는 교회도 안 나가면서 기도하면
저 아쉬울 때만 기도한다고
괘씸죄에 걸려 벌만 받을 걸

다음 날
은행장이 손자 등록금과 장학금을 대주고
노인한테 가게까지 기증
이 기쁜 소식은
시장 구석구석 누비고
징징대던 할머니 웃음꽃 활짝

중국 돈6

내가 왜 이리 기쁠까
이 기쁨 무엇에 비할까!

노인한테 후원자가 생겼다니
시장 사람 너도나도 선물 들고
몰려들고
할머니는 어리둥절
땅바닥 할머니 덩그런 가게 주인 되고
손자 대학생

거만한 돈
두 번째
종으로 부리고
으하하하

1元   5角

1角   1角

중국 동전 7

돈은
행복만 따라다
니는 요물
불난 집엔 부채질하는 괴물

돈에는 비밀이 없다

시장 친구한테 넌지시
어려운 일은 없는가?

왜 없어 골치야
뭔데?
우리 시에서 서울로 가는 빠른 길을 내자면
저 200고지 돌산을 뚝 잘라내야 하는데

음
그게 무슨 문제인가?
사업자금도 없는데 건설업자 조건
50억 먼저 주고 산 판 흙과 돌은
자기 소유로 해 달라는 것

중국 돈 8

음

그래서 어떻게 했는가?

흙이든 돌이든 가져가는 건 좋지만

50억 선불할 자금이 없네

음

그럼 은행장한테 부탁해 보지

도울 수 있을지도 모르잖나

은행장도 50억씩 대 줄 순 없다 하네

음

나하고 비밀 하나 만들까?

무슨?

칠레 돈

백억 대출로 공사를 하세
백억이나?
조건이 있어
무슨?

음
산을 내 것으로 해 주게
산을 파내고 길을 내주지

그런 조건이라면 얼마든지 땡큐

두 번째로 큰 돌산을 샀다
소문이 나가고
다음 날 건설업자가 찾아왔다

캐나다 돈1

억억 소리를 우습게 듣는 귀

어른님 또 뵙습니다
무슨 일이오?
어른님이 저보다 한수 위이십니다
무슨 말?
어른님은 돌산을 잘 아시는 것 같습니다

허허 무슨 소리?
돌산 말입니다
돌산이 뭐랍디까?
돌산이야 말이 없지요

음
그런데 왜 날 찾으셨소?

캐나다 돈2

간단히 말씀드리지요
그 돌산 파십시오
당신은 돌산에 재미를 붙이셨소?
네
얼마에 사시겠소?

도니 오만원이 통통
아저씨, 얼마 부르실 거예요?
모르겠다
저 사람 그 산으로 천억도 더 벌어요
그러냐?
아저씨 맘껏 부르셔요

캐나다 돈3

음
내가 백억에 샀으니
이백 억이면 곱장사 아니냐?
아저씨는 욕심주머니가 너무 작아요
그럼 어쩌랴?
오백 억을!
뭐야?
아저씨, 그 산으로 저 사람은
오백 억을 벌어요

캐나다 돈4

음
억억 소리에 익으니 오백 억도
돈 같지가 않구나

도니야
오백 억을 불러도 될까?
내가 도둑질을 하는 것 같다
오백 억이라?

캐나다 돈5

돈이 돈을 번다

오만 원이 작은 소리로 중얼중얼
억이 억을 벌고
만이 만을 벌고
천이 천을 번다
맨주먹은 땀으로 벌고
땀 없이 버는 자는 도둑

음
백억으로 오백 억을 버는 건
죄가 안 될까
도니가 콩콩
잘 쓰면 무죄
잘못 쓰면 유죄

캐나다 돈6(동전)

음
오백억을 부르면 내 재산이 얼마냐?
천이백 억
내가 큰 부자가 되는 거 아니냐
큰 부자는 아니어도
아저씨는 가장 멋진 부자여요
무슨 소리가 그러냐?
아저씨는 다른 부자와 다르니까요

음
한 달 이자가 십이억
오백억! 좋다 부르자
도니 오만원이 콩콩
브라보 아저씨!

캐나다 돈7

오만 원 도니가 하라는 대로
오백 억을 불렀다
건축업자 엎어지는 소리

네에? 또 백백!
싫으면 그만!
아닙니다
오백억 좋습니다

오백억을 받아 은행에 가둔 날
시장 친구의 놀라운 소식

캐나다 돈8

양심은 돈에 어두운 법

친구야
오십억을 달라던 건설업자가
돌연
자비로 산을 파겠다고 통보
이건 기적이야 기적

음
기적이로군
그럼 시장은 손도 안 대고 코 푸는가?
그런 셈
건설업자 맘이 왜 바뀌었을까?
글쎄 이상해
그 비밀은 산속에 있지
무슨 비밀?
자네 같은 샌님은 몰라
양심은 돈에 어두운 법

시장이 또 다른 걱정
새로 아파트단지 조성에

캐나다 동전9

골치 아픈 장애가 발생

음
무슨?
수만 평 단지 한 가운데
치워야 할 집 한 채
터가 무려 5천 평
퇴거를 거부
도시 설계를 못하고
행정 마비중

음
간단한 문제로군
무슨
대책이라도?

캐나다 돈10

건축 계획을 그 집 중심으로
주변에 20층 아파트를 두르고
집 둘레에 회전 교차로를!
부자가 황금알을 낳는다고 좋아할 것이고

그럴까?
암
좋아, 그렇게 해 보지.

콜롬비아 돈1

욕심 구멍으로 돈은 빠져나간다

고층 아파트가 번갯불에 콩 구어 먹듯
부잣집 중심으로 우뚝우뚝 올라가고
부자 자랑하던 3층집은 납작
집 둘레는 자동차가 꼬리를 물고 뱅뱅
부자 가족 출입 절벽

시장 웃으며
친구 충고에
부자 코 납작

음
그 집값 얼마나 가나?
똥값
누가 살까?
바보 아니고는 살 사람 없지

음
과욕엔 돈이 빠져나가는 법
우리 바보짓 함세

무슨?
우리가 사자고
십억 집이 오억으로 추락!
공짜 아닌가 하하하
그런가?

음
그 터에 공원을 꾸미면
금상첨화가 아닐까?

콜롬비아 돈2

소문은 날개를 달고 돌고돌아
마누라 귀에 당도

여보, 어떤 사람은 돈이 많아
아파트 가운데 부잣집을 사서
시민 공원으로 만든다네요
세상에 그런 분이 있다니

어떤 분일까
정말 멋진 분
만나보고 싶네요

쿠바 돈1

오만 원짜리 인간 백 원짜리 인간

음
당신 욕심도 많소
그 사람을 어떻게 만나겠소?
하나님한테 기도하면 응답해 주실 거예요
그 사람 생김새가 어떨 것 같소?
그 어른은 성품이 근엄하고
천사같이 훤칠한 키에
쌍꺼풀 눈 하얀 얼굴에
예수님처럼 웃는 모습일 거예요

음
나보다
잘생겼겠구려

감히 당신이
그분과 비교를 해요?
호호호
웃겼어

쿠바 돈2

허허, 그 사람 참 부럽소
그분은 아내한테도 천사 같을 거예요
어떻게?
고급 승용차에 고급 액세서리에
럭셔리한 음식점에서
아내와 아이들을 데리고
우아하게 외식도 하고……

음
또?
아내의 명품 핸드백에는
수표가 가득할 거고

태국 돈1 (영국 부르나이 등 공용)

음
또?
당신은 나한테 겨우 천만 원 주고
큰일이나 한 듯 생색내지만
그분은 그렇지 않을 거예요
어찌 그리 잘 아시오 만나 보았소?
안 보아도 그 정도는 상식이죠
상식이라?
돈 없는 사람 기죽이는 소리 같소
남자는 돈 같아서
오만 원짜리가 있고 백 원짜리 사내가…….

음
나는
얼마
짜리요?

태국 돈2

돈이 원수라고?

당신은 만 원짜리, 호호호
고맙소, 십 원짜리가 아니라

천만 원이나 주신 당신인데
백 원짜리는 노우예요

음
얼마면 오만 원짜리가 되겠소?
오천만 원, 호호호
겨우?
천만 원도 절절매면서 겨우라고요?
일억 주면 뭘 하시겠소?
맨주먹 공상은 해로워요

태국 돈3

음
당신은 바보가 아닌 것 같소
요샌 무슨 기도를 하오?

기도 제목이 한둘이 아니랍니다
옆집 슈퍼는 주인이
보증금 오친 만원 올려달란다고 징징
허집사는 요양병원 짓다가
예산 부족으로 끙끙
조씨 할머니 천만 원 없어
관절염 수술을 못해
돈이 원수라고 징징
돈돈, 돈이 원수지

태국 돈4

음
또?
목사님은 교회 지붕이 샌다고
건축헌금 독촉

음
기도 많이 해야겠소
그렇지 않아도 내가 기도하는 것마다
응답 받는다고
기도 부탁이 줄줄이랍니다

음
당신 기도
효험이 큰 것 같소
내 기도도
해 주고 있소?

태국돈 5

하나님보다 고마운 돈

마누라 생끗!
당신 기도는 365일 아멘

음!
그 기도 덕으로 내가?
후후후!

은행장한테 물었다
내 이자 얼마나 되오?
10억쯤
어디 쓰실 데라도 있나요?

슈퍼 주인 아시오?
오천 만원
빌려달라는데
담보물이
없어서

태국 돈6

음
또 누가 있소?
허집사 요양병원 짓다가
부도날 지경이라 끙끙
조씨 할머니 병원비가 없다고 징징 짜고
목사님은 교회 지붕이 샌다고 울상

음
내 이자로
다 해결해 줍시다
네?
나는 숨기고 비밀로!
비밀?!
교회에 오억, 슈퍼에 오천,
조씨
할머니 이천,
양로원
허집사 2억!

태국 돈7

돈이 확 풀리자
기도 응답이라고
마누라 입에 바퀴를 달고
날마다 수다
호호호

넌지시
무슨 좋은 일이라도 있소?

태국 돈 8

모두모두 걱정 끝

마누라 할렐루야
기도를 한꺼번에 들어주신
멋진 하나님 감사합니다

음
무슨 기도였소?
마누라 입술에 자랑이 꿀처럼 줄줄
슈퍼 주인 걱정 끝
허집사 걱정 끝
조씨 할머니 고생 끝
목사님도 걱정 끝
부자 하나님이 다 해결해 주셨답니다

태국 돈9

음
많이 좋은가 보구려
많이 정도가 아니에요
은행장 입에 지퍼를 채웠나
천사님이 오셨을 때 알려 줬으면
찾아가 만나 봤으면 얼마나 좋았겠어요

음
천사가 그리도 보고 싶소?
보고픈 정도가 뭐예요
당신도 부자 되고 싶으시면
하나님 믿으세요

태국 돈10

음
당신 기도거리가 끝나서 서운하겠소
또 남았어요
아직도?
굴다리 앞 2층 부잣집 아시죠?

암
해마다 첫 수확한 채소를 교
회에 바치는
착한 노인도 아시지요?

암
노랭이 영감 노인한테
삼백 만원을 5부 이자로 주
고 십년간 밀린 이자
원금의 다섯 배
천오백만 원을 갚든지
아니면 노인의 유일한
밭을 내놓으란다네요

태국 동전11

1원 보고 십리 뛰는 수전노

음
2층집 부자 대단한 수전노구려
돈이라면 1원 보고 십리 뛰는 노랭이
이자이자 하면서 노인을 종처럼 부리고

음
그 노인 젊어서는 뭘 했답디까?
중학교 선생님
돈은 왜 꾸었다 하오?
아들 삼형제 학비 대느라

음
노인 위해 기도도 하오?

태국 돈12

그 밭을 빼앗기면
갈 데 없는 어른
길바닥에 나앉을 판이오니
좁은 판잣집에 다섯 식구가
오글오글 비비고 사는 것 아시지요 하나님
착한 노인 도와주세요라고 기도한다우

음
당신 기도는 만사형통이 아니오?
기도대로 이루어질 줄 믿소
아멘

태국 돈13

은행장실
굴다리 옆 이층집 영감 아시오?
노랭이 구두쇠 영감?
노랭이 구두쇠?
수전노 고리채로 치부
알고 있소?

은행이 그런 걸 몰라서야

음
그 구두쇠 노랭이 사채 쓴
노인이 있다는데?

전직 교사지요
그 어른 인품은?
법 없이 살 분

파라과이 돈

소문은 귀로 들어가 입으로 팡팡

음
그런 어른 돕는 건
돈이 하는 역할
노선생한테
은행이 모범시민으로 선정했다면서
5억 지원하시오

부채 갚아주고
새 집 지어주고
노선생은 은행에서 평생 고용키로 했다고
통보
인건비는 이자에서 지불
어떻소?

페루 돈

은행장 감격
다른 조건은?

음
자녀들 학비 전액 대출
취업 후 대출금 상환 조건 제시
집은 3층 양옥으로 건축
3층 베란다 위에서
2층을 내려다볼 수 있도록 설계

2층 수전노
잠잠할까요?
세상엔 저만 잘난 것이 아니라는 걸
깨닫게 하는 건 사회적 책임

프랑스 돈

소문은 골목골목 돌아돌아
마누라 귀로 쏘옥
소문 귀로 들어가 입으로 팡팡
하나님이 기도 응답했다고
날마다 호호호

음
하나님이 당신 기도만 들으시는 것 같소
마누라 신나서 아멘!
노랭이 영감 코가 납작하겠지
아이 고소해 호호호

마누라
또 무슨
기도를
할까?

필리핀 돈1

돈 팔자 돼지 팔자

은행장, 돈이 왜 좋으오?
글쎄요
돈은 한문으로 어떻게 쓰오?
돈전(錢)으로 쓰지 않습니까?
틀렸소.
네?

음
내가 생각하는 돈은
돼지 돈(豚)

억지십니다
억지라도 내 맘
돈을
돼지라시면
사람들이
웃습니다

필리핀 돈2

음
모르면 웃겠지
돈 많은 사람 팔자는?
상팔자지요
동물 중 상팔자는?
팔자 좋은 동물이 어디 있습니까

음
개 집 지켜주고
죽 얻어먹고
닭 새벽 알리고
모이 얻어먹고
소 일하고
여물 얻어먹고
말 주인 태워주고
마초 얻어먹고

필리핀 돈3

돼지는 빈둥빈둥 놀고도
더 달라고 꿀꿀
돈 팔자가 돼지고
돼지 팔자가 돈 아니오?
그럴 듯합니다

음
돈은 돼지 돈(豚)이오
아리송합니다 회장님
날 회장이라 했소?
은행장은 돈에 관하여 얼마나 아오?

필리핀 돈4

식사 중에도 밥값이 올라가는 나라

돈이란 은행에 두면
새끼를 치고
주머니에 두면 자는 것 아닙니까

음
돈이란 멈춰 있으면 죽은 것
돌아갈 때 제 구실
돈이 나오기 전엔 무엇이 돈이었나?
물물교환 아닙니까?

음
곡식 동물 노예 은 금 술 여자가
화폐로 둔갑
가치도
2천 년 전 로마 데나리우스가
가장 높다가
2차대전엔 영국 파운드가
현대는 유로와 달러가
귀한 몸

나라마다 돈돈
우스운 나라 몇몇
한 가족이 외식 갈 땐 돈 자루를 메고 가고
어떤 나라는 식사 중에도 밥값이 올라가서
돈이 모자란다는데
돈은 언제까지 존재할까?

세계 통합은행이 생기고
화폐는 어음으로
어음은 신용카드로 바뀌었습니다

음
신용카드 다음은?
인류는 카드의 종이 되고
카드를 버리면
물물교환 시대로

음
물물교환은 다시 돈으로 바뀔 것

길에 나가서
양심을
찾아
볼까
하오

5유로

길바닥의 돈 자루

은행장, 1억 담은 돈 자루 둘을 만드시오
네?
돈 자루 바닥에는
이 돈은 양심적인 사람의 것
이렇게 써 깔고
오만 원 다발을
차곡차곡 담으시오
알겠습니다.

돈 자루
골목길 여기 하나 저기 하나
빵빵한 돈 자루
이리 뒹굴 저리 뒹굴누가 주울까?

필리핀 돈5

음
사람이 오는군

이게 웬 떡?
땅딸보 영감 돈 자루 들고
눈알이 뱅뱅
두리번 두리번
끌어 안고 뺑소니

은행장 놓칠세라 허둥지둥 뒤따르기
헉헉

필리핀 돈6

하나 남은 돈 자루
키다리 총각 발견
눈알이 뱅뱅
이크 이크!
집어 들고 달리기

도니 팡팡!
아저씨, 빨리 빨리 못 잡으면 1억 훌쩍

허허, 급하긴
너도 저게 아까우냐?
아저씨, 돈을 아무나 주실 거예요?

필리핀 돈7

남의 돈은 불보다 뜨겁다

땅딸보 바퀴 단 듯 달달달
오토바이 된 은행장
쌩쌩

땅딸보 알아채고
골목골목 꼬불꼬불
은행장 반대 골목 삥삥
멱살 잡힌 땅딸보 꽥!

은행장
그 자루 뉘 것?
땅딸보
내 것!
어디서 났소?
왜 묻소?
갑시다
어딜?
경찰서
좋소

필리핀 돈8

경찰
진짜 주인은?
땅딸보
나요

경찰
행장은 왜 추적했소?
돈 주인 찾아주려고

경찰
돈 주인 증명을 대시오
땅딸보
내가 가졌으니 내 돈 아니오?

필리핀 돈9

은행장
돈 자루 바닥을 보시오!

땅딸보
그 무슨 뚱딴지같은 소리?
경찰
자루 바닥을 봅시다

필리핀 돈10

양심은 돈으로 못 산다

한편 돈 자루 든 키다리
바람처럼 달아나고
뒤뚱뒤뚱 따르던 나 쿵!
겨우 일어서는데

도니 깔깔
호호호 호호호
굼벵이 아저씨
넘어졌네요

날 놀리느냐?
아저씨 귀여워!

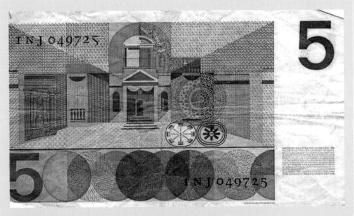

네덜란드 돈1

음
웃을 때가 아니다
돈 자루가 멀리 가기 전에
경찰에 신고를!

파출소 문
꽝! 들어서다
멈칫
이크! 이게?
젊은 키다리
경찰 앞에
돈 자루 들고 굽실

네덜란드 돈2

경찰 놀라
뭔가?
돈돈……
어디서 났나?
길바닥
왜 가지고 왔나?
주인 찾아 달라고

도니 오만 원이 깡충
야호!
양심은 돈으로 못 사는 것

따라온 사람 향해
경찰
아저씨는 또 뭐요?
돈 주인
돈 주인? 증명을!
자루 바닥에 이런 글이

땀으로 번 돈만 내 돈

경찰
무슨?

음
이 돈은 양심적인 사람의 것
이렇게 써 두었소
그 증명이면……

경찰
열어보고 읽어보고 한 마디
주인은 어른님
고맙소
어떡하실는지?

네덜란드 돈3

음
거기 적혀 있는 대로
네?
주인은 저 젊은이
이렇게 큰돈을 그냥?
그냥이라니
젊은이는 양심으로 산 돈

키다리
선생님, 저는 못 받습니다
주인이 주는데도?
예
이유는?
땀으로
벌지 않은
돈은
내 돈이
아닙니다

네덜란드 돈4

음
직업은?
전도삽니다
사례비는 많이 받소?
교통비 정도

음
마음 부자보다 더 큰 부자는
없는 법
더 큰 것으로 자넬 사겠네

네덜란드 돈5

돈은 죄를 만들고 죄는 법을 만든다

한편 옆방 소리
경찰
이 글을 읽어보시오
왜 말이 없소?
한글도 모르시오?
압니다
읽어보시오
이 돈은 양심적인 사람의 것

경찰
당신이 양심적인 사람이오?
죄송합니다

네덜란드 돈6

은행장 목소리
내 것이 아닌 것에
손대는 건 죄요

땅딸보 소리
죄송합니다

경찰
이 영감 감옥 가야 해!
땅딸보
용서해 줍쇼
경찰
용서?
은행장
죄는 법을 만들고
법은 죄인을 만드는 게 더 문제

경찰
법대로 할까요?

갑자기 도니가 콩콩
아저씨, 은행장 말이 맞아요
법이 없으면 죄인도 없죠,
호호호

음
돈에 먼 눈
법으론 치료할 수 없지
어떤 법으로도 죄를 세탁할 순 없는 것
사랑과 용서만이 죄를 세탁할 수 있는 것

노르웨이 돈1

욕심의 저울은 추가 다른가

땅딸보 싹싹 벌벌
경찰 용서 없는 침묵
돌연 키다리와 도니 등장
은행장 놀란 소리
회장님, 어찌 여기를?

음
착한 사람 모시고 왔소
키다리 젊은이
돈 보따리 주워
신고하러 왔고
뒤따르다 만났소

노르웨이 돈2

은행장
아니! 그럴 수가

음
같은 돈 보따리를 주워
달아나는 사람
경찰에 신고하는 사람
같은 사람이 왜 이리 다를까
욕심의 저울은 추가 다른가

영감, 어쩌다 이리 되었소?
묻다 뜯어보니
낯익은 얼굴

노르웨이 돈3

음
어디서 보았나?
저 얼굴……
아득히 먼 시간 끝에
가물가물 떠오르는
나팔바지 학생모, 챙 납작 붙인
짤막이 1년 선배, 기율부장 이강변!

음
그 사람이!
넌지시 이름은?
이강변
오! 이런!

뉴질랜드 돈1

누구는 돈이 많아 길바닥에

강변인지 해변인지
하필이면 이런 데서?
아는 체하자니
민망하고
모른 체하자니
간지럽고

땅딸보 이리저리 살피다
갑자기 고개 푹
한 마디
날 감옥으로 보내주시오!

뉴질랜드 돈2

경찰
왜 갑자기?
땅딸보 돌아선 채
고개 더 뚝

땅딸보
후배 부끄러워
감옥이든 지옥이든
달아나고 싶은데

경찰
은행장님, 이 영감
감옥으로 보낼까요?

은행장
나한테
묻는
눈

뉴질랜드 돈3

음
풀어주란 손짓
훌쩍 귀가

소문은 발도 없이 빨라
마누라 한 마디
누구는 돈이 많아 길바닥에
돈 자루를 던졌다는데
그런 거나 주워오지
뭘 했수? 당신.

뉴질랜드 돈4

여자란 생각주머니가 좁아

음
그 사람이 그렇게 부럽소?
당신은 안 부러워요?
내가 무엇이 부족하여
부럽겠소?
돈도 못 벌면서
큰소리는!

음
당신한테 1억을 준다면
무얼 하겠소?
천만 원도 발발 떨면서
1억씩이나?
호호호
그만
웃겨요

뉴질랜드 돈5

음
1억이 생기면 뭘 하겠소?
식당이나 야채 가게
아니, 양품점……

돈도 없으면서 왜 약은 올리슈?
나라면 그러지 않겠소
또 책이나 만드시겠지?
책은 그만 만들고
은행에 맡기고 이자로 자식들
박사 될 때까지
학자금을 대라 하겠소
그
쥐꼬리
이자로?
호호호

니가라 돈1

장사로 벌어야지, 이자로는!
여보, 안 되고 되고는
두고 봅시다. 허허허

당신 정말 돈 있어요?
암
거짓말도 하면 늘어요
암
거짓말이라도 큰돈 주무르니 좋네. 호호호
여자란 생각주머니가 좁아서 허허허

돈에 얼마나 목이 말랐으면
헛소리를 치실까 호호호

니가라 돈2

돈 잘쓰면 천사 잘못 쓰면 악마

돈돈
만인이 좋아하는 돈
억억 소리만 들어도
벌벌 떠는 마누라
자기가 천억 부자라는 걸
알면?

온 세상이 제 것인 양
치맛바람 일으키며
날뛸지도

대만 돈1

자식은 또
하루아침에 오만방자
건방떨고
공부 않고
건달패와 어울려
탕아 안 된다는 보장 없고

돈
잘 쓰면
덕
잘못
쓰면
독

대만 돈2

대만 돈3

황금 보길 돌같이 하란
최영 장군 말
뼈에서 우러난 소리

돈 타령 그만 접고
오른손이 한 일
왼손이 모르게

아내도 모르게
자식도 모르게

돈을 이기는 자가 영웅.

50유로

20유로

세계를 지배하는 달러

도니랑 즐기기

2018년 9월 25일 1판 1쇄 인쇄
2018년 9월 30일 1판 1쇄 발행

저   자 **심 혁 창**
발행자 **심 혁 창**
발행처 **도서출판 한글**

4116 서울특별시 마포구 신촌로 270(아현동)
      수창빌딩 903호
☎ 02-363-0301 / FAX 362-8635
E-mail : simsazang@hanmail.net
창   업 1980. 2. 20.
이전신고 제2018-000182

* 파본은 교환해 드립니다
* 정가 14,000원

ISBN 97889-7073-546-7-13810

이 도서의 국립도서관 출판예정도서목록(CIP)은 서지정보 유통
시스템 홈페이지(http://seoji.nl.go.kr)와 국가자료공동목록시
스팀(http://www.nl.go.kr/kolisnet)에서 이용할 수 있습니다.
(CIP제어번호:2018030646)

책을
돈처럼 사랑하는 사람과

시간을
돈으로 사용하는 사람과

친구를
돈보다 아끼는 사람을 만나

나는
그의 친구가 되고 싶습니다

_____

이 책의 가치는
정가보다도
돈보다도 비쌉니다.

지은이